गीत मंजरी

शशि बाला

सन्मति पब्लिशर्स एण्ड डिस्ट्रीब्यूटर्स

ISBN: 978-93-883658-8-8

प्रकाशक
सन्मति पब्लिशर्स एण्ड डिस्ट्रीब्यूटर्स
बी–347, संजय विहार,
मेरठ रोड, हापुड़–245101 (उ0प्र0)
website : www.sanmatiindia.com
email: sanmati555@gmail.com
मो. 8439645104, 7302710291
प्रथम संस्करण : मार्च 2020

आवरण
RETROTEK

समर्पण

माँ शारदे के चरणों में समर्पित

अपनी बात

लेखन की इस कोमल विधा के साथ चलते हुए यहाँ तक आ पहुँची हूँ। सहज सरल शब्दों को गूंथ-पिरोकर पहले भी कविता लिखती रही। इस सफर का यह पाँचवां पड़ाव है। पूर्व प्रकाशित चार पुस्तकें, "दिवा स्वप्न", "यात्रा मेरी कविता की", "शब्द प्रभा" और "शब्दों के पारिजात", भी कविता संग्रह ही हैं। इस पुस्तक में मैंने सिर्फ वैसी रचनाएं रखी है जिनका सस्वर पाठ किया जा सकता है। कुछ नई एवं कुछ उन्हीं पुरानी पुस्तकों से रचनाएं लेकर ये गीत मंजरी तैयार हुई है। विभिन्न भावों की रचनाएं हैं इसमें। पहले भी मेरी कुछ रचनाओं को गीतों में ढाला गया है। कुछ भक्ति रस की, कुछ देश भक्ति एवं मिश्रित भावों की कविताएं हैं इसमें।

बहुत थोड़ी सी छोटी-छोटी रचनाओं की यह पुस्तक पाठकों को कैसी लगती है, यह तो पाठक ही बताएंगे। पूरे विश्वास के साथ अपनी भावनाओं को सहज शब्दों में ढालकर आपके सामने रख रही हूँ।

हृदय से आभारी हूँ सभी बंधु-बांधवों एवं आत्मीयजनों की, जिनके स्नेहिल सहयोग के बिना यह संभव नहीं होता।

\- **शशि बाला**

भूमिका

कवयित्री शशि बाला द्वारा रचित प्रस्तुत काव्य संग्रह 'गीत मंजरी' में प्रेम आधारित रचनाओं की प्रमुखता है। ज्यादातर रचनाएँ कृष्ण के प्रति कवयित्री के अगाध प्रेम को दर्शाती है। कृष्ण के प्रति प्रेम की व्यापकता का अंदाज़ लगाया जा सकता है कि एक रचना में कवयित्री कृष्ण की बांसुरी से भी ईर्ष्यालु है कि बांसुरी को कितना पुण्य मिला कि वो कृष्ण के होठों की शोभा बनती है। शिव एवं राम, अन्य आराध्य देवों के प्रति भी कवयित्री ने अपने श्रद्धा भाव अपनी रचनाओं के माध्यम से रेखांकित किये हैं। कवयित्री ने मुखर अंदाज़ में प्रेम अभिव्यक्ति को रचनाओं के माध्यम से प्रस्तुत किया है। देशभक्ति, प्रकृति, माँ शारदे, बेटी बचाओ जैसे विषय भी कवयित्री की रचनाओं से अछूते नहीं रहे हैं। एक रचना में कवयित्री ने सामाजिक परम्पराओं से परे जाकर उन्मुक्त बेपरवाह जीवन की भी कल्पना की है। देखें...

यूँ तो तय है
मंजिल भी
हर एक राह की
कभी-कभी अनजान राह पर
चलते जाना अच्छा लगता है...

जहाँ तक रचनाओं के शिल्प की बात करें तो मेरे अनुसार पुस्तक में संग्रहित अधिकांश रचनाएँ, 'गीत व्याकरण' की कसौटी पर खरा नहीं उतरती हैं लेकिन इसके बावजूद समस्त रचनाएँ अपनी लयात्मकता और गेयता बनायें रखती हैं और प्रभावित करती हैं। मैं इस पुस्तक की अधिकांश रचनाओं को नवगीत की श्रेणी में रखूँगा जो किसी

छन्द विधा में न बंध कर गीत के अतुकांत रूप यानि नवगीत परंपरा का प्रतिनिधित्व करती हैं और सरल एवं सहज रूप में कवि मन की अनुभूतियों को अभिव्यक्त करती हैं। हिंदी कविता के छायावाद युग से नवगीत लिखे जा रहे हैं और कविश्रेष्ठ सूर्यकान्त त्रिपाठी 'निराला' के भी अधिकांश गीत, गीत की श्रेणी में नहीं बल्कि नवगीत परिवार की परम्परा का निर्वाह करते हैं।

शशि बाला एक मंझी हुयी वरिष्ठ कवयित्री हैं। उनके भीतर का विश्वास, उनके व्यक्तित्व की सकारात्मकता, उनकी रचनाओं में स्पष्ट दृष्टिगोचर होती है।

प्रस्तुत संग्रह की रचनायें पाठकों को प्रभावित करेंगी, ये मेरा निश्चित मत है।

शुभकामनाओं सहित

पवन जैन

अनुक्रमणिका

गुरु वन्दना

गुरुवर आपकी महिमा का हम
करते हैं गुणगान सदा...
आँख मूँदकर श्री चरणों का
करते हैं हम ध्यान सदा...

सूर्य किरणों से भी उज्ज्वल
आपकी महिमा का गान...
स्वर्ग से भी अधिक सुखकर
आपके चरणों का ध्यान...

आपके सान्निध्य का हम
करते हैं अरमान सदा...

गुरु कृपा से बढ़कर कोई
और नहीं वरदान है
प्रभु भजन से बढ़कर जग में
गुरुजन का सम्मान है

आपकी हर भावना का
करते हैं सम्मान सदा...

ओस की बूँदों सा निश्छल
आपका हर त्याग है...
आप-सा गुरुवर मिला तो
यह हमारा भाग्य है...

आपकी करुणा का हमको
रहता है अभिमान सदा...

गुरु शिष्य का नाता जग में
भक्त और भगवान का
आपका हो साथ तो फिर
डर नहीं तूफान का....

गुरु कृपा से ही होती है
गोविन्द की पहचान सदा...

अधर मधुर मुरली

अधर मधुर मुरली
बजाssssवे कुंवर कन्हैया

सखियां रीझैं
ग्वाल सब रीझैं

सकल जगत को रिझाssवे
कुंवर कन्हैया

अधर मधुर मुरली...

मोर मुकुट पीताम्बर सोहे
गले बैजंती माल

मोहनी मूरत अति प्रिय सूरत
गोवर्धन नंदलाल

रूप सुदर्शन छवि अति प्यारी
अंतर उर को भाssवे

कुंवर कन्हैया
अधर मधुर मुरली

क्या बरनौ नंदलाल की महिमा
खग मृग सुध बुध भूले

यमुना तट पर डाल कदंब की
सखियों संग जब झूले

तीनों लोक के स्वामी आकर
लीला कैसी रचाssवे

कुंवर कन्हैया
अधर मधुर मुरली
बजाssssवे

अधर मधुर मुरली...

मन मेरा डाँवांडोल सखी...

मैं करती थी सिंगार
कि देखा...
दर्पण में कोई झाँक रहा..
दिल धड़क उठा बेधड़क मेरा
क्या करूँ कि तू कुछ बोल सखी

मन मेरा डाँवांडोल सखी...

न नैन खुले न पलक उठे
तन थर-थर-थर-थर काँप रहा
मैं प्रेम लहर में बहती रही
बिन बोले सब कुछ कहती रही
ये बात बड़ी अनमोल सखी

मन मेरा डाँवाडोल सखी...

क्या लुट गया मेरा पल भर में
क्या मिल गया आनन फानन में
उस एक झलक पर चित्त हारी
लो जीत गई सारा जग ही
मैं बिक गई दिल के मोल सखी

मन मेरा डाँवाडोल सखी....

मेरे मन में बसो

मेरे मन में बसो
हे माधव हे बनवारी
हे गिरिधर हे त्रिपुरारी

मेरे मन में बसो, मेरे मन में बसो

नेह लगाया तुझसे
सब हार गये गिरिधर
हे मुरलीधर कुंज बिहारी

हे माधव हे कृष्ण मुरारी
मेरे मन में बसो

जब आँख खुले तब देखूँ
और पलकें जब जब मूंदूं
संग-संग रहना ओ बनवारी

हे केशव हे कुंज बिहारी
मेरे मन में बसो

कुछ और नहीं अब चाहूँ
कुछ और नहीं अब मांगूं
बस नेह लगाए रखना

हे गोवर्धन गिरिधारी
हे माधव कृष्ण मुरारी

मेरे मन में बसो

दो नैन दरस के प्यासे
ये हृदय प्रेम में डूबा
मेरी पत रखना हे बनवारी
हे माधव हे त्रिपुरारी

मेरे मन में बसो
मेरे मन में बसो...

वन वन ढूँढे राधिका

वन वन ढूँढे राधिका
कहाँ छुपे हो श्याम

कहाँ छुपे हो श्याम
ब्रज ढूँढा वृन्दावन ढूँढा
लताकुंज तुलसी वन ढूँढा

ढूँढ लिया नंदग्राम
कहाँ छुपे हो श्याम

पूछ लिया एक-एक गोपी से
वन मयूर से पूछा
गईयों से बछियों से पूछा
गोवर्धन से पूछा
बैजन्ती कलियों से पूछा
मधुबन की गलियों से पूछा
कहीं मिले न श्याम
कहाँ छुपे हो श्याम

गोकुल के घर घर में ढूँढा
ढूँढा यमुना तीर
ढूँढा यमुना तीर
थक कर बैठ गयी तब राधा
ढरके नयनों नीर

ढरके नयनों नीर
पलक मूंद जब ध्यान लगाई
मुस्काए घनश्याम
दिखे मनोहर श्याम

जिन नयनों का जग दीवाना
बसें उन्हीं में श्याम बसें उन्हीं में श्याम
जिन हृदयों में प्रेम बसेरा

वहीं बिराजें श्याम वहीं बिराजें श्याम...

नत नयन कुछ बोलते हैं

प्रेम है एक भाव लेकर
कितने कितने घाव भी

कुछ शिकायत कर न पाते
मुस्कुराकर दर्द छुपाते

भर नयन अश्रु हों चाहे
ये उन्हें भरसक छुपाते

पर छुपाकर व्यग्र होकर
भीतर-भीतर डोलते हैं
नत नयन कुछ बोलते हैं

प्रेम दिल में बुन गया तो
कोंपले भी उग गईं तो
बिरवों को हर ठोकरों से
ये बचाना चाहते हैं

देख ले ना ये जमाना
यूँ छुपाना चाहते हैं

मूंद लेते हैं पलक फिर
धीमे-धीमे खोलते हैं
नत नयन कुछ बोलते हैं

चल देते हैं हँसते-हँसते

नमन !
भारत भू को नमन
जिसकी मिट्टी चन्दन-चन्दन
ऐसे भू को नमन....

जननी!
तेरे ये सपूत कफन बांधकर माथे पर
और लेकर जान हथेली पर
चल देते हैं हँसते-हँसते

रिश्ते नाते छोड़ सभी
मोह के बंधन तोड़ सभी
रक्षा का शपथ उठाकर के
माटी का तिलक लगा करके
चल देते हैं हँसते-हँसते

द्वार खड़ी पत्नी गुमसुम
भाई-बहन की आँखें नम
माता को गले लगा करके
और बच्चों को बहलाकर के
चल देते हैं हँसते हँसते

जब शहीद हो जाते हैं
जन्म सफल कर जाते हैं

दुश्मन को सबक सिखा करके
माटी का मोल चुकाकर के
चल देते हैं हँसते-हँसते

जननी तेरे ये सपूत
कफन बांध कर माथे पर
और लेकर जान हथेली पर
रक्षा का शपथ उठा करके
माटी का तिलक लगा करके

दुश्मन को सबक सिखा करके
माटी का कर्ज चुका करके
चल देते हैं हँसते-हँसते

चल देते हैं हँसते-हँसते
चल देते हैं हँसते-हँसते...

कन्हैया आने वाले हैं

सखी मेरा कर दो अब सिंगार
कन्हैया आने वाले हैं
श्याम वही घनश्याम वही
वही जगत आधार
कन्हैया आने वाले हैं...

भाल तिलक कानों में कुंडल
गले बैजन्ती हार
कन्हैया आने वाले हैं...

वेणी में बेली का गजरा
नयनों में कजरे की धार
कन्हैया आने वाले हैं....

घिर-घिर आई घटा काली-काली
शीतल सुगंधित बयार
कन्हैया आने वाले हैं....

धीरे-धीरे बहती है यमुना की धारा
लहरों पे होकर सवार
कन्हैया आने वाले हैं...

पाँवों पैजनियां रुनझुन घुंघरु

मुख में हो जय-जयकार
कन्हैया आने वाले हैं...

मिल जुल चलो बाबा नंद के अंगना
मैया यशोदा के द्वार
कन्हैया आने वाले हैं....

श्यामा वही त्रिपुरारी वही है
वही जगत आधार
कन्हैया आने वाले हैं...

जाने न जाने कोई राम जी

मन की मुरलिया कौन धुन गाए
जाने न जाने कोई राम जी

मन का पपीहरा किसको बुलाए
जाने न जाने कोई राम जी

नैन खुले तो खुशरंग दुनिया
अद्भुत अजब लुभाए

सब रंग दिल की चूनर रंग गए
जाने अब क्या होए

मन की बदरिया इत उत छाए
जाने न जाने कोई राम जी

कौन पुकारे कौन रिझाए
कौन करे गलबात

कौन संभाले बिगड़े-बिगड़े
इस दिल के जज्बात

मन की कोयलिया
कुहू कुहू गाए

जाने न जाने कोई राम जी
दूर निहारें पलकें बावरी
कोई है आवनहार

आई संदेशा पुरवाई लेके
तन मन में झंकार

फरके अंग काहे जिया धड़काए
जाने न जाने कोई राम जी

मन की मुरलिया कौन धुन गाए
जाने न जाने कोई राम जी

मन का पपीहरा किसको बुलाए
जाने न जाने कोई राम जी...

सखी रुत सावन की आई

झमक झम आई
रिम झिमी बूँदें
घिर-घिर आई घटा काली-काली
सखी रुत सावन की आई...

प्यासी धरा की प्यास बुझी है
खेतों में नयी आस जगी है
छाई हरेक दिशा हरियाली
सखी रुत सावन की आई...

हरी-हरी कोंपल बागों में आए
दादुर मोर पपीहा गाए
फूलों से भर गई डाली
सखी रुत सावन की आई...

पीहर की गलियों में बरखा
मेंहदी की डलियों पर बरखा
टिप-टिप ओरी अटारी
सखी रुत सावन की आई...

घहर-घहर आए ये बदरा
भीगे केश और भीगे अंचरा
बह गयी काजल काली
सखी रुत सावन की आई...

नयनों में बस गये कृष्ण मुरारी

मोर मुकुट पीताम्बर शोभे
चक्र सुदर्शन लिए त्रिपुरारी
नयनों में बस गए श्याम बिहारी
नयनों में बस गए कृष्ण मुरारी

कंठ बैजन्ती माला शोभे
गोवर्द्धन गिरी धारी
नयनों में बस गए श्याम बिहारी
धुन मुरली की अति मन भावे
नंद नंदन बनवारी

नयनों में बस गए कृष्ण मुरारी
नयनों में बस गए श्याम बिहारी

छुम-छुम बाजे पाँव पैजनियां
रुन झुन गावे प्यारी करधनियां
बंसी बजावे चित चोर
ले गया सबके दिल हर हरके
नटखट नंद किशोर
माता यशोदा
और सब सखियां जाएं बलि बलिहारी
नयनों में बस गये श्याम बिहारी...

चल बाँह पकड़ ले मेरी

चल बाँह पकड़ ले मेरी
हम दूर देश को जायें
छूट गया कहाँ बचपन
हम ढूँढ के उसको लायें

आगे आगे रहे भरोसा
पीछे अटल विश्वास
रहे न कोई शंका मन में
और टूटे ना आस

सोंधी दिलों की माटी है
चल प्यार की फसल उगायें
छूट गया कहाँ बचपन अपना
ढूँढ के उस को लाएं

एक कदम मैं आगे आऊँ
एक पग तू भी बढ़ाए
मिट जाएं सब गिले शिकायत
हँसके गले लग जाएं

इन्द्र धनुष से सतरंगी
सपने आँखें में सजायें,
छूट गया कहाँ बचपन अपना
ढूँढ के उस को लाएं

पर्वत झरने भरें कुलांचें
सात समंदर लाँघें
चल बाँह पकड़ ले मेरी
हम दूर देश को जाएँ..

क्या लोगे भगवान

क्या लोगे भगवान
तुम्हारे द्वार खड़ा इन्सान

स्वर्ण छत्र और मुकुट मणि का
ध्वज रेशम का वस्त्र जरी का

क्या लोगे भगवान
तुम्हारे द्वार खड़ा इन्सान

स्वर्ण सिंहासन मखमल आसन
चरण कमल में पादुका चन्दन

क्या लोगे भगवान
तुम्हारे द्वार खड़ा इन्सान

थाल भोग के छप्पन लाऊँ
जल गंगा का कलश में लाऊँ

क्या लोगे भगवान
तुम्हारे द्वार खड़ा इन्सान

कर जोड़े और आँखें मूंदे
शुद्ध हृदय भावों से सींचे

यह लेंगे भगवान
अरे क्या सोच रहा नादान
अरे क्या सोच रहा नादान...

पलक झपकाए बिन

किरणों की नदी
बादल की तरी
उसमें चाँद सवार

आप ही नइया
आप ही माँझी
आप ही है पतवार

मनमौजी मनचला मुसाफिर
चला छितिज के पार

यह सुंदर
यह दृश्य मनोहर
देख रहा संसार

पलक झपकाए बिन
पलक झपकाए बिन

रात सुहानी
बात सुहानी
शीतल मंद बयार
झिर झिर झरता

रस अंबर से
ज्यों अमृत की धार

एक तो चंदा यूँ ही सुंदर
उसपर मेघ सवार

नयन बावरे
मगन निहारे
ऊपर बारंबार

पलक झपकाए बिन
पलक झपकाए बिन...

सुनो ना

किससे कहूँ ये बात
कि मन मेरे वश में नहीं

खुला-खुला अंबर देखे तो
अजब विकल हो जाए

कई कई पहरे तोड बावरा
जाने किधर उड़ जाए

किसे कहूँ हालात
कि मन मेरे वश में नहीं

खिली अधखिली कलियां मेरी
बहुत बड़ी कमजोरी हैं

खुशबू चाहे कहीं से आये
खींचे मन की डोरी हैं

बहक उठें जज्बात
कि मन मेरे वश में नहीं

कि मन मेरे वश में नहीं...

बादल बिजली रिमझिम बूँदें
सब मुझको बहकाते हैं

थाम के रक्खूं जितना दिल को
उतना ये भरमाते हैं

पूनम की रजनी हो चाहे
हो अंधियारी रात

ये मन मेरे वश में नहीं
कि मन मेरे वश में नहीं...

अच्छा लगता है

यूँ तो जीने के कायदे
एक हजार हैं
कभी कभी बेकायदे
जीते जाना अच्छा लगता है

यूँ तो तय है
मंजिल भी
हर एक राह की
कभी कभी अनजान राह पर
चलते जाना अच्छा लगता है

तीखी धूप से बचके चलना
दुनिया कहती है
उसी धूप में छांव खोजकर
पल भर रुकना
अच्छा लगता है

जैसा मौसम वैसा करना
रीत है दुनिया की
कभी कभी मौसम से उलझना
अच्छा लगता है

यूँ तो हँसने गाने के भी
अपने तरीके हैं
कभी कभी बेबात के हँसना
अच्छा लगता है

घने मेघ छाए
जब नभ पर
हवा चले हल्की हल्की
अपने आ़प से बातें करना
खोए खोये गुमसुम रहना
अच्छा लगता है...

ऐ मन मेरे

ऐ मन मेरे
ले चल मुझको
यादों की छाया में

झिलमिल झिलमिल स्नेहिल यादें
यादों की छाया में

बीते कल के
पलट के पन्ने
देख रही हूँ बीते लम्हे
छोटे छोटे उन लम्हों की
मन को छूने वाली बातें

बोझिल मन को थपकी देकर
हल्की करने वाली बातें
ऐ मन ले चल
मीठी मीठी बातों की छाया में

कोई अपना
नजर चुराके
देख रहा था चुपके चुपके
कोई अपना पलक झुकाके

बोल रहा था
कुछ रुक रुक के
अटक गया मन उन नजरों में
भटक गया मन उन पलकों में

ऐ मन ले चल
पलकों की उन
ठंढी शीतल छाया में

ऐ मन मेरे
ले चल मुझको
यादों की छाया में...

वह स्नेह बहा भीतर-भीतर

कभी आँखों में कभी पलकों पर
रहा भिगोता तन मन को
फिर जल बनकर
वह स्नेह बहा भीतर-भीतर

इस स्नेह की अद्भुत है भाषा
अद्भुत है इसकी परिभाषा
जो रहे लुटाते आप सदा अंजुरी भरकर
वह स्नेह बहा भीतर-भीतर

अब कितना किसे बतायें हम
और कैसे कहाँ छुपायें हम
जो आपसे हमने पाया है दामन भरकर
वह स्नेह बहा भीतर-भीतर

कभी आँखों में कभी पलकों पर
रहा छलकता रग रग में
फिर जल बनकर
वह स्नेह बहा भीतर-भीतर...

धीरे-धीरे

धीरे-धीरे चलकर कोई आता है
धीरे से खोलकर
कपाट मेरे दिल के
आहिस्ते कदम धरकर
समा जाता है...

मुग्ध मेरी पलकें
खुलती हैं धीरे-धीरे
साँसों में सुगंध सी
घुलती है धीरे-धीरे
थपथपा कर मेरे गालों को
चला जाता है...

धीरे से ही छूता है
हाथों को उंगलियों से
धीरे से चूमकर पलकों को
अधरों से
मुझको मेरे मन को
चुरा ले जाता है

धीरे-धीरे चलकर
आहिस्ते कदम धरकर
कोई आता है...

मौसम है कुछ कहने का

दाएं बाएं बैठ निठल्ले
गुपचुप बातें करने का
मौसम है कुछ कहने का...

एक हाथ में हाथ तुम्हारा
कदम दर कदम साथ तुम्हारा
दूर कहीं तक धीरे-धीरे
यूँ ही चलते रहने का
मौसम है कुछ कहने का...

कुहरे घोर घनेरे छाए
बादल ज्यों धरती पर आए
इन कुहरों के साए साए
बस अलमस्त विचरने का
मौसम है कुछ कहने का...

तुमसे मिलकर जाना

बेमतलब मुस्काना
मन ही मन कुछ गाना

हर पल खोए खोए रहना
दर्पण से बतियाना

तुमसे मिलकर जाना

पलकें बंद रखूं या खोलूं
नजरों का टकराना

हर पल हर दिन थोड़ा-थोड़ा
कुछ खोना कुछ पाना

तुमसे मिलकर जाना

पल भर में ही हो जाता है
अपना दिल बेगाना

तुमसे मिलकर जाना...

तारे बन गये मीठे बोल (बाल गीत)

छोटी मुनिया बड़ी सयानी
बातें करती है अनमोल,
जब भी बोले मीठा बोले
वाणी में मिसरी-सा घोल...

अच्छे काम बड़ो की सेवा
और हमारे मीठे बोल,
बोलो दादी क्या होता है
इन सारी बातों का मोल...

मत कर मुनिया ऐसी बातें
ना कर ऐसे आँखें गोल,
भले काम का भला नतीजा
ये सारी बातें अनमोल...

अच्छे काम फूल बन जाते
पँछी बन उपवन में गाते,
और बड़ों की सेवा का फल
कभी सका ना कोई तोल...

गाल थपक कर बोली दादी
चल मुनिया अब आँखें खोल,
देख गगन में चकमक करते
तारे बन गये मीठे बोल...

जीवन की गति

बड़े जतन से बाग लगाया
रंग बिरंगे फूल उगाए
काँटे चुन चुन अलग हटाया
देख देख मन अति हर्षाए...

एक दिन ऐसी आँधी आए
फूल झरे, पौधे मुरझाए...
जीवन की गति ये ही सच्ची
जो आया है एक दिन जाए...

ऐसी ही जीवों की कहानी
पिंजरा ये तन खूब लुभाए
सुख दुःख दोनों से भरमाकर
कष्ट अनेकों सहता जाए...

उम्र सगर पिंजरे में बीते
बचपन, यौवन, सारा जीवन
रोग, शोक माया के बंधन
हर क्षण और जकड़ता जाए...

फिर एक दिन खुल जाए पिंजरा
पंछी उड़ जाए देश पराए
सूना पिंजरा लोर बहाए
पंछी उड़ गया बिना बताए...

जब तय है यह होना एक दिन
जो आया है जाए एक दिन
जीव सत्य है काया नश्वर
माटी में मिल जाए एक दिन...

चाह के भी कोई रोक न पाए
फिर काहे मन समझ न पाए
पिंजरा छूटा, बंधन छूटे
पुलकित मन उड़ता ही जाए
चारों दिशा अद्भुत उजियारा
दिव्य लोक में गोते खाए...

पिंजरे में कैदी था अब तक
पंख कटे पंक्षी सा अब तक
मुक्त हुआ अब तो फिर काहे
सूना पिंजरा लोर बहाए
काहे दुनिया शोक मनाए...

ऊँ नयः शिवाय

हे शंकर कैलाशपति
शिव शम्भू कल्याण करो
चरण पड़ा तेरे भक्त प्रभु
मस्तक पर अपने हाथ धरो

ऊँ नमः शिवाय... ऊँ नमः शिवाय...

हे विश्वम्भर हे जगदीश्वर
कृपा दृष्टि इस ओर करो
कातर मन व्याकुल हर प्राणी
विनय सुनो मत देर करो

ऊँ नमः शिवाय... ऊँ नमः शिवाय...

है डगमग जीवन की नैया
तूफान उठा है भारी
एक भरोसा तेरा प्रभुवर
नीलकंठ त्रिपुरारी

ऊँ नमः शिवाय... ऊँ नमः शिवाय...

हे गंगाधर हे डमरूधर
नमन मेरा स्वीकार करो
मैं पड़ा तुम्हारे शरण प्रभु
अब मेरा बेड़ा पार करो
ऊँ नमःशिवाय... ऊँ नमः शिवाय...

थोड़ा सा उजाला दे दो

थोड़ा सा उजाला दे दो
मेरे जीवन में घनश्याम
मेरे मन के अंधेरे हर लो
ओ मुरलीधर घनश्याम

ऐसे तो बड़ी कृपा है
मुझपर तेरी बनवारी
बिन माँगे ही सबकुछ
तूने दिया है लीलाधारी

कुछ और कृपा ही कर दो
ओ नंद नंदन घनश्याम
थोड़ा सा उजाला दे दो
मेरे जीवन में घनश्याम

इस दिल में ज्योत जगी हो
कुछ ऐसी लगन लगी हो
होठों पर नाम धरा हो
और दिल में छवि बसी हो

कि आँख मूँद कर पाऊँ
तेरे दर्शन सुबहो शाम
कुछ और उजाला दे दो
मेरे जीवन में घनश्याम

तुम आस पास रहते हो
होता है यह एहसास
पर कभी कभी मन मेरा
हो जाता अधिक उदास

मेरे मन की उदासी हर लो
ओ गोवर्धन घनश्याम
थोड़ा सा उजाला दे दो
मेरे जीवन में घनश्याम...

मइया जो जानती

मइया जो जानती
कृष्ण हरि रूप हैं
गईया चराने नहीं देती

गईया चराने नहीं देती

आए कन्हैया जिस हेतु जग में
कैसे कर पाते सब काम
कैसे कर पाते सब काम

मईया तो बाँध के रखती हमेशा
यमुना तक जाने नहीं देती

यमुना नहाने नहीं देती

मईया थी भोली जान नहीं पाई
खोई रही सुध
पहचान नहीं पाई

मईया जो जानती
कृष्ण हरि रूप हैं

माखन चुराने नहीं देती
माखन चुराने नहीं देती

कृष्ण धरे रूप इस धरती पे आए
घर घर जाके मिसरी खाए

ग्वालन सब मिल नाच नचाए
प्रेम के वश में नाथ रिझाए

मईया जो जानती
नटखट है लाल बड़ा
आंचल के खूंटे से बांध के रखती

घर घर ऐसे जाने नहीं देती
मइया जो जानती
लौटके न आएंगे

गोकुल की ओर अब मुड़ के न आएंगें
चरण धरे वहीं प्राण तज देती

प्राण तज देती
प्राण तज देती...

कह नहीं सकती

प्रेम की भाषा मुखरित हरदम
बाकी सब परिभाषा गौण
कह नहीं सकती हम दोनों में
धूप कौन है छाया कौन

भोर जगाती हम दोनों को
किरणों के हरकारे भेज
साँझ सजाती चाँद सितारे
लेकर सुख सपनों की सेज

हाथ थाम कर चला किए हम
ऊँची नीची राहों पर
सुख दुःख के हर लम्हे झेले
हमने हरदम मिल जुलकर

मैं रोई तो आँसू मेरे
उसकी आँखों में छलके
मेरे मन में की खुशहाली में
हुए प्रफुल्लित जी भरके

यूँ तो अपना रिश्ता अद्भुत
कई-कई जन्मों का है साथ
हे ईश्वर इतनी विनती है
कभी न छूटे अपना हाथ

खुशियाँ बाँटें कभी न सोचें
अपना कौन पराया कौन
कह नहीं सकती हम दोनों में
धूप कौन है छाया कौन...

हरित बाँस की बाँसुरिया

हरित बाँस की बाँसुरिया
कितना मीठा तुम गाती हो
कहाँ से लाती सुर सरगम
और तान कहाँ से लाती हो

कौन जन्म के पुण्य तुम्हारे
कृष्ण सखी कहलाती हो
भोली हमारी राधा रानी
काहे उन्हें सताती हो

साँझ सकारे मधुर-मधुर धुन
दसों दिशा बिखराती हो
जिनके मन संगीत बसे
उन अधरों पर मुस्काती हो

जिन चरणों का जग दीवाना
उन्हीं से प्रीत निभाती हो
कृष्ण रूप की छटा निराली
तुम कुछ अधिक बढ़ाती हो

हरित बाँस की बाँसुरिया
कितना मीठा तुम गाती हो
कहाँ से लाती सुर सरगम
और तान कहाँ से लाती हो...

हे देव जगत के मेले में

चित्त चंचल
मन धर्म अधर्म के
नित दिन नये झमेले में

हे देव जगत के मेले में

एक भाव विस्तार निरंतर
लगन लगे
नटवर गिरिधर से
क्षण भर कभी अकेले में

हे देव जगत के मेले में...

तुम जब मिलना

शब्द नहीं हैं कहने को
जितनी बातें हैं
घुमड़ रही मन के भीतर
उन सब बातों को

तेरे सम्मुख
जस का तस रख सकने को
शब्द नहीं हैं कहने को

तुम जब मिलना
ये पलक बावरे मुंदे रहें
गर खुल न सकें

और होंठ काँपते कह न सकें
तुम सुन लेना
शब्दों में ढल न पाए
जो जज्बात

गर ढुलक गये मोती बनकर
तुम चुन लेना
सब सुन लेना
शब्द नहीं हैं कहने को...

राधिके मेरे स्मरण में आओ

उर में प्रीति मधुर मधुर
मन में भक्ति जगाओ
जैसा सब सखियों को बताया
मुझको भी बतलाओ

कोई अपना बने न बने
पूर्ण हृदय से मुझे किसी के
हो जाना सिखलाओ
राधिके मेरे स्मरण में आओ

जब भी ध्यान लगाऊँ
वंशी धुन सुन पाऊँ
बाकी सब अनसुनी कर जाऊँ
ऐसी जुगत बताओ
राधिके मेरे स्मरण में आओ

इन नयनों की चाह राधिके
तुमसे क्या छुप पाए
गिरिधर कृष्ण कन्हैया के
दर्शन की आस लगाए

जब भी पलकें मूँदूँ
उनकी झलक पावनी पाऊँ

ऐसी कोई जप तप सेवा
हो तो मुझे बताओ
राधिके मेरे स्मरण में आओ

वही प्रेम वही सख्य कन्हैया
से जो तुमने पाया
ब्रज की हर गोपिन के दिल में
तुमने उन्हें बसाया

मेरे हृदय की माटी में भी
वही प्रेम बुनवाओ
राधिके मेरे स्मरण में आओ...

ओ कदम्ब की डाल बता

कौन जन्म के पुण्य तुम्हारे
ओ कदम्ब की डाल बता
बाँके नयन छवि अति सुंदर
झूले नंद गोपाल बता

लीलाधर की लीलाओं में
तू बनी सहभागी
तू पुण्या सदा पूजनीया तू
तू बड़ी बड़भागी

नन्हें ग्वाल बाल संग तुझको
दरस दिए नंदलाल बता
कौन जन्म के पुण्य तुम्हारे
ओ कदम्ब की डाल बता

यमुना तट ऐसे ही पावन
उसपर कृष्ण के पग रज पावन
मीठी मुरली तान सुहावन
सुनकर हुई निहाल बता

कौन जन्म के पुण्य तुम्हारे
ओ कदम्ब की डाल बता
बाँके नयन छवि अति सुंदर
दरस दिए नंदलाल बता...

हे तथागत् जागिए

हे तथागत् जागिए
चिंतन मनन युगों का
पूर्ण हुआ होगा
सृष्टि के चिर सत्य का
दर्शन हुआ होगा

अब आपके जागरण का वक्त आया
हे तथागत् जागिए

बिखराव सा व्याप रहा
कण कण पर धरती के
फिर से हमें बटोरकर
गुंठन का वक्त आया

स्वयंभू आपके अवतरण का वक्त आया
हे तथागत् जागिए

कालिमा अज्ञान की
हर लालिमा को ढक रही
मंद है हर रौशनी
धुंध सी है हर कहीं

ज्ञान के प्रकाश के संचरण का वक्त आया
हे तथागत् जागिए...

कान्हा आना हमारे ध्यान में

कौन रूप निरखूँ
कौन रूप पूजूँ
कौन बसाऊँ प्राण में

कान्हा आना हमारे ध्यान में...

घुटरुन देखूँ तो ममता जागे
गोद उठा लूँ जी यह चाहे
और छुपाके रख लूँ अपने
आँचल की छाँव में

कान्हा आना हमारे ध्यान में...

नटखट तेरा रूप जो देखूँ
सुध बुध भूलूँ वारी वारी जाऊँ
कुछ भी न सोहे अब तो कन्हैया
जो सुख तेरे नाम में

कान्हा आना हमारे ध्यान में...

मुरली सुनूँ तो सुध बिसराऊँ
बावरी मीरा सी बन जाऊँ
दिल यह चाहे ले जाओ केशव

हमको अपने धाम में
कान्हा आना हमारे ध्यान में...

हर रूप सुंदर हर छवि प्यारी
शब्दों में क्या मैं बोलूँ मुरारी
हे रे कन्हैया हे गिरिधारी

आन बसो प्राण में
कान्हा आना हमारे ध्यान में...

आज मेरी यह कविता

आज मेरी यह कविता
नंद नंदन को अर्पित
प्रेम सुधा रस भीने भीने
वृन्दावन को समर्पित

आज मेरी यह कविता...

बड़भागी वे रजकण जिनने
चरण छुए बढ़-बढ़ के
गिरिधर कृष्ण मुरारी के
दरस किए जी भर के

शब्द सभी और निहित भाव
उस घर आँगन को अर्पित
दिव्य प्रेम की मूरत जैसी
सब गोपियन को समर्पित

बड़भागी जिनने कान्हा को
माखन रोज खिलाया
बाल रूप के अद्भुत दर्शन
रोम-रोम से पाया

इन श्वासों पर लिखा अनलिखा
मनमोहन को अर्पित
पतित पावनी यमुना माँ के
तट पावन को समर्पित

जहाँ बैठ कान्हा ने अपनी
वंशी मधुर बजाई
प्रेम दीवानी सखियों के संग
मिलकर रास रचाई

आज मेरी यह कविता
मेरा कुछ भी कहा न माने
कृष्ण ही कर्ता कृष्ण ही कारण
कृष्ण को सब कुछ जाने

ये अक्षर ये शब्द कन्हैया
सब तुमको ही अर्पित
मैं तेरी सारा जग तेरा
सब कुछ तुम्हें समर्पित...

फिर आज मेरे मन की वीणा

फिर आज मेरे मन की वीणा
कुछ नये नये सुर रचती है
कहती है जीवन सरिता है
निर्बाध निरंतर बहती है

फिर आज मेरे मन की वीणा...

कहती है घोर अंधेरे से
ही फूट के किरणें आती हैं
घनघोर निराशा के घन से
आशा की बूँद बरसती है

फिर आज मेरे मन की वीणा...

उस सुख दुःख रचने वाले ने
जब डोर हमारी थामी है
फिर काहे मन घबराता है
और काहे आँख छलकती है

फिर आज मेरे मन की वीणा...

सारा जग बैरी हो जाए
तब भी कोई अपना होता है

पलकों से लिपटे हों मोती
आँखों में सपना होता है

उस रैन दिवस के मालिक ने
दिन रात बराबर बाँटा है

फिर काहे मन घबराता है
और काहे आँख बरसती है

फिर आज मेरे मन की वीणा...

नमामि गंगे

नमामि गंगे नमामि तुभ्यम्

उच्च हिमालय की चोटी से
लेकर निर्मल जलधारा
पतित पावनी जग में आई
पावन करने जग सारा

नमामि गंगे नमामि तुभ्यम्...

बूँद-बूँद अमृत है तेरा
मोक्ष दायिनी कहलाती
जीवन सिंचित करते-करते
सागर से मिलने जाती

नमामि गंगे नमामि तुभ्यम्...

पुत्र सगर के तारे तुमने
भवतारिणी तू कहलाई
धरती पर वरदान स्वरुपा
मातृ रूप धरकर आई

नमामि गंगे नमामि तुभ्यम्...

भारत का अभिमान है माँ तू
इस मिट्टी की शान है माँ तू
शत्-शत् नमन हमारा तुमको
भक्त वत्सला माँ गंगा...

नमामि गंगे नमामि तुभ्यम्

तब आना मुझसे मिलने

है धुंध अभी कुछ बाकी
नहीं छंटा अंधेरा नभ का

जब पूर्ण उजाला हो ले
तब आना मुझसे मिलने

हैं विरह मिलन के किस्से
धरती के चप्पे चप्पे

कोई किन नयनों से देखे
कोई किन शब्दों में बोले

हर रैन दिवस का मिलना
है उत्सव धरा गगन का

जब किरण किरण सज धज कर
द्वार क्षितिज का खोले

तब आना मुझसे मिलने

जब जन्मों की भटकन का
तुम सही आकलन कर लो

जब सदियों की चाहत से
इस रिक्त हृदय को भर लो

इन लहरों की तड़पन में
है कितनी कितनी तृष्णा

यह राज समंदर खोले
तब आना मुझसे मिलने

है धुंध अभी कुछ बाकी
नहीं छंटा अंधेरा मन का

जब माया वरण हटा ले
तब आना मुझसे मिलने...

बूँदों के अक्षर

बूँदों के अक्षर हवाओं के पन्ने
लिखती दिशाएं नित कुछ नया

हवा जब चली ले के मीठी महक
कलियों ने छेड़े तराने नये
किरणों ने रंगत भरी जब फिजां में
भंवरों ने गाए फसाने नये

बूँदों के अक्षर घटाओं के पन्ने
रचता है मौसम नित कुछ नया

खिला जब गगन में पूनम का चंदा
तट पर मचल कर चली आई लहरें
गगन ने भी हँसकर सितारे लुटाए
समंदर ने छेड़े सरगम नये

बूँदों के अक्षर लहरों के पन्ने
लिखता समंदर नित कुछ नया

हर पल नया रंग लेकर के आता
जग को बनाता है हर पल नया
किरणें नई हर सबेरा नया
जित देखो उत सब नया ही नया

साँसों के अक्षर धड़कन के पन्ने
लिखता है जीवन नित कुछ नया...

झुके आ रहे हो

झुके आ रहे हो
ओ काले बादल
किसकी पुकार सुन के

धरती सजी है
धानी चूनर में
पर्वत के दिल में हिलोर

अंबर पे छाया
रंगों का मालिक
इंद्र धनुष चितचोर

हँसती दिशाएँ सब खिलखिला के
दुल्हन सा रूप धर के

झुके आ रहे हो
ओ काले बादल
किसकी पुकार सुन के

पत्तों पे छाई
है हरियाली
फूलों के मुख पर निखार

कलियों के मुख पे
हँसी छलछलाई
कण-कण में बिखरी बहार

बिजली के कानों में क्या कह रहे हो
गरज तरज कर के
झुके आ रहे हो

ओ काले बादल
किसकी पुकार सुन के...

तुमसे मिलना मेरा

जीवन के पन्नों पर अनगिन
सपनों का सजना
तुमसे मिलना मेरा

साँसों के उपवन में
प्रेम कुसुम का खिलना
तुमसे मिलना मेरा

धड़कन की लय पर
पलकों का बार बार उठना गिरना
वक्त की टिक टिक का भी थमकर
साथ हमारे चलना
तुमसे मिलना मेरा

जीवन के सादे पन्नों को
चटक रंग से भरना
ठहरी सी दिनचर्या में
पुलक अनूठी भरना
तुमसे मिलना मेरा...

कोयलिया तू बोल

फिर बसंत बागों में आया
अद्भुत रूप धरा ने पाया
मंजरियों से भर गई शाखें
पंछी करें किल्लोल

कोयलिया तू बोल...

वन पलाश हर वन में लहके
गगन जूही बागों में महके
पुरवा छेड़े मधुर मधुर धुन
दसो दिशाएं डोल

कोयलिया तू बोल...

कौन सुने और कौन सराहे
इन बातों में पड़ना काहे
तू तो बस आवाज में अपनी
और भी मिसरी घोल

कोयलिया तू बोल...

माँ मुझे जन्म लेने दो

अजन्मी कन्या करे पुकार
माँ मुझे जन्म लेने दो

जुड़ गई हूँ तुम्हारे अस्तित्व से
तुमने चाहा या न चाहा

सोचने का वक्त अब नहीं रहा
माँ मुझे जन्म लेने दो

अवतार तो तुम भी हो शक्ति का
ढाल बनकर रोक लो

वार सब संसार के
अपने आँचल की छाँव में

निर्भय होकर पलने दो
माँ मुझे जन्म लेने दो

गूँजेगी आँगन में तेरे
किलकारियां मेरी

सुनोगी पाँव की रुनझुन सदा झंकार सी
महकेगा दामन तेरा

अनगिन खुशियों से
कली हूँ तुम्हारे बाग की

मुझे खिलने दो
माँ मुझे जन्म लेने दो

सहचरी बनूँगी तुम्हारी
चौके में पनघट पर भी

बढ़कर पोछूँगी आँसू तेरे
सुख दुःख में गले लगकर भी

मुझको भी ऊँचे उड़ना है
पर उंगली थाम के बचपन को

नन्हें कदमों पर चलने दो
माँ मुझे जन्म लेने दो

बेटियाँ जब भार थीं
वह समय बदल गया

बेटे बेटियों में फर्क अब नहीं रहा
कदम मिलाकर चलूँगी

नाम रौशन करूँगी
बेटों से कम तनिक भी नहीं पड़ूँगी

मुझे अवसर तो मिलने दो
माँ मुझे जन्म लेने दो

कुछ तो कर्ज है माँ
तुम पर भी सृष्टि का

जननी हो तुम
जननी मैं भी बनूँगी

रोको मत
सिलसिला निर्बाध यह चलने दो

माँ मुझे जन्म लेने दो...

काले घुंघराले मेघ बरसे

कब से गरज तरज के घूम रहे थे
अब जाके बरसे
मेघ बरसे
काले घुंघराले मेघ बरसे

खूब भला हो हरियाले सावन तेरा
तन मन सब हरसे
मेघ बरसे
काले घुंघराले मेघ बरसे

नन्हीं फुहारों ने बदन पोंछ डाला
धानी चुनरिया ओढ़ाई
माटी की सोंधी महक हर दिशा में
पुरवा चले बौराई

डार पात खिल के हरे भरे दीखें
कब से बेचारे थे तरसे
मेघ बरसे
काले घुंघराले मेघ बरसे

ओरी से गिरता है झर झर पानी
नदी नाले बेखौफ बहते
रंग बिरंगे छातों का मौसम
भीगे भीगे तन मन रहते

आया संदेशा पीहर से आवन का
मन बिटिया के हरसे...

छुम छुम छुम कोई चलता है

छुम छुम छुम
कोई चलता है
बजते हैं पाँवों के झांझर

दूर क्षितिज से उठी किरण
जगमग हो गया सारा चमन
जाग उठा सारा उपवन
जाग गये धरती अंबर

छुम छुम छुम
कोई चलता है
बजते हैं पाँवों के झांझर

पूरब से
जब उठे पवन
डोल उठे तरुवर वन वन
तट से मिलने आती है
लहर लहर कर हरेक लहर

छुम छुम छुम
कोई चलता है
बजते हैं पाँवों के झांझर

सांझ उतर कर आती है
बरगद की जब शाखों पर

पंख पखेरू आ जाते
नीड़ों में तब उड़ उड़ कर
रात छमक कर आती है
दीप हजारों फिर लेकर

छुम छुम छुम
कोई चलता है
बजते हैं पाँवों के झांझर...

यादों की बूंदा बांदी

यादों की बूंदा बांदी
और मन भीग गया
भीतर बाहर
नन्हीं ही थीं बूँदें सब
पर झरती रहीं लगभग दिन भर

उस साँझ की अद्भुत यादें थीं
जब मिले थे हम तुम
पनघट पर
सूरज था बरगद के पीछे
पंछी लौट रहे थे घर

उस सुबह की भी कुछ यादें थीं
जब ओस बिछी थी
पत्तों पर
धवल पुष्प थे बिछे हुए
सारे उपवन में हर पथ पर

और वो यादें सागर तट की
जब खड़े थे हम तुम
लहरों पर
आती जाती उन लहरों से
खेल रहे थे जी भरकर

बेमौसम बादल का बरसना
सूने मन की
धरती पर
कितना सुख दे जाता है
खुशी छलकती रह रहकर

यादों की कजरारी बदरी
जब जब छाई
इस मन पर
बूंदा बांदी किए बिना
गई नहीं वापस मुड़कर

सबकी सब मनभावन यादें
एक दूजे से
सब बढ़कर
छेड़ गयीं मन के तारों को
नूतन कोई धुन बनकर...

बुन रही बरखा की बूँदें

बुन रही बरखा की बूँदें
स्वप्न कुछ हर बाग में
खुश है मिट्टी खुश हवा है
अपने ही अंदाज में

गीत रचती हैं ये बूँदें
गा रहे पंछी मधुर
झूमते हैं पुष्प कलियाँ
मेघ की आवाज पर

चमक रही रह रह के बिजली
खेत में खलिहान में
सात रंगों का धनुष
उग आया आसमान में

मोर दादुर गा रहे हैं
और पपीहा मन मगन
साफ सुंदर स्वच्छ है अब
दूर तक नीला गगन

रुई के फाहों से झरते
मेघ के दल बावरे
यह ऋतु भींगे पवन की
मोहती मन सांवरे

आ भी जाओ
अब तो मन यह भी
बहुत बेताब है
जीव जलचर आ गये घर
अबके इस बरसात में

बुन रही बरखा की बूँदें
स्वप्न कुछ हर बाग में
खुश है मिट्टी खुश हवा है
अपने ही अंदाज में
बुन रही बरखा की बूँदें...

प्यारा भारत देश हमारा

माटी चंदन
पवन सुगंधित
निर्मल गंग जमुन जल धारा

उच्च हिमालय गौरव अपना
सबसे प्यारा देश हमारा

झर झर झरते झरने अद्भुत
नदियां कल कल बहा करें
शीश उठाए पर्वत प्रहरी
सजग दिशाएं रहा करें

वेद ऋचाएं बांच रही हैं
धरा गगन सब ध्यान धरे
रंग बिरंगे प्यारे प्यारे
मौसम ईश बखान करे

शून्य दशमलव शल्य चिकित्सा
सकल विश्व को ज्ञान दिया
धरा गोल है सूर्य केन्द्र है
हमने ही यह खोज किया

जगत गुरु हम बाँट रहे हैं
चतुर्दिक ज्ञान का उजियारा
तिलक करे इस माटी से हम
प्यारा भारत देश हमारा...

कोटि कोटि है नमन (स्तुति)

कोटि कोटि है नमन
मातु उर तल वासिनी
भाव चित्त सब शुद्ध कर दे
हंस उज्ज्वल वाहिनी

कोटि कोटि है नमन...

ज्ञान युक्त प्रकाशमय पथ
शुभ्र भाव प्रदायिनी
नष्ट कर पथ के अंधेरे
अंधकार विनाशिनी

कोटि कोटि है नमन....

नम्य है यह शीश पग पर
शुद्ध बुद्ध विभासिनी
खोल अंध कपाट उर के
सकल विश्व प्रकाशिनी

कोटि कोटि है नमन...

कर हमारे पथ प्रशस्त
मातु वीणावादिनी
जागृत अब चेतना कर
मातु पुस्तकधारिणी

कोटि कोटि है नमन...

हिन्दी हमारी आन बान और शान

हमारी आन है हिन्दी
हमारी शान है हिन्दी
धर्म हमारा, कर्म हमारा
हम सब का ईमान है हिन्दी

नहीं सिर्फ भाषा ही है यह
नहीं सिर्फ अभिव्यक्ति है
समावेशी शक्ति का
करती सदा संधान है हिन्दी

कोटि कोटि जन जन की भाषा
आजादी की मुखर अभिलाषा
भारतवर्ष की अपनी अलग
पहचान है हिन्दी

विश्व पटल पर सबसे ऊपर
सहज सरल और सबसे सुंदर
सम्पूर्ण जगत में भारत का
अक्षुण्ण सम्मान है हिन्दी

नहीं समझना जरा विकट है
मन के हमारे अधिक निकट है
मधुर है इतनी समझो प्रभु का
मिला हुआ वरदान है हिन्दी

हमें गर्व अपनी धरती पर
हमें गर्व अपनी भाषा पर
अहं हमारा शक्ति हमारी
और अपना अभिमान है हिन्दी

हमारी आन है हिन्दी
हमारी शान है हिन्दी...

भारत भू को नमन (बाल गीत)

पुष्प सुकोमल हैं हम सारे
देश है एक उपवन
भारत भू को नमन

प्यारे चाँद सितारे सारे
प्यारा ये नील गगन
भारत भू को नमन

प्यारी जलभरी नदियां सारी
प्यारे ये हरियाले वन
भारत भू को नमन

ऊँचे पर्वत प्यारे प्यारे
प्यारी है मीठी पवन
भारत भू को नमन

प्यारे प्यारे मौसम सारे
पावन हैं मिट्टी के कण
भारत भू को नमन...

नमन करो

दो हाथ जोड़कर नमन करो
उस ईश्वर को परमेश्वर को
दो नयन मूंद कर स्मरण करो
उस परम पिता जगदीश्वर को

हम सबका तारणहार वही
इस जग का पालनहार वही
सब जीव जगत के जीवन का
एकमात्र अटल आधार वही

सरल हृदय से स्मरण करो
उस परम पिता परमेश्वर को
दो हाथ उठाकर नमन करो
उस ईश्वर को जगदीश्वर को

ये सूर्य चंद्र सब जिसके हैं
ये ग्रह नक्षत्र सब जिसके हैं
ये पवन घटा और साँझ सुबह
ये दिवस रैन सब जिसके हैं

चाहे भय से हो चाहे भक्ति से
दिल से मगर आह्वान करो
दो नयन मूंद कर ध्यान करो
उस ईश्वर को जगदीश्वर को

दो हाथ उठा कर नमन करो
उस परम पिता परमेश्वर को
दो नयन मूँद कर नमन करो
उस ईश्वर को जगदीश्वर को...

सरस्वती वंदना

वीणावादिनी माँ
पुस्तकधारिणी माँ
विद्यादायिनी माँ हम शरण आए हैं

तेरे चरणों में शीश झुकाए खड़े
तेरे दर पे हम ध्यान लगाए खड़े

तेरी कृपा मिले तेरी करुणा मिले
हम बालक ये आश लगाए खड़े

वीणा वादिनी माँ
पुस्तकधारिणी माँ
हंसवाहिनी माँ हम शरण आए हैं

हे दयानी सुनो हे भवानी सुनो
हे अमृतमयी हे कल्याणी सुनो

तेरी भक्ति मिले मन की शक्ति मिले
हे करुणानिधे वीणापाणी सुनो

वीणावादिनी माँ
पुस्तकधारिणी माँ
हंसवाहिनी माँ हम शरण आए हैं

सारे मन के अंधेरे मिटा दे तू माँ
और ज्ञान का दीपक जला दे तू माँ

हम बालक तुम्हारी शरण आए हैं
अपने चरणों में हमको बिठा ले तू माँ

वीणावादिनी माँ
पुस्तकधारिणी माँ
हंसवाहिनी माँ हम शरण आए हैं...

ओ रे मुसाफिर

नींद भरे नयनों से
अंखुआते सपनों ने
क्या कहा इशारों में
सुन जरा
जाता कहाँ है सबेरे सबेरे मुसाफिर
रुक जरा

मन के झरोखे से
झाँक गया धोखे से
नये नये प्रेम का सितारा
जाता कहाँ है अकेले अकेले मुसाफिर
रुक जरा

छल छल छलकती है
दर्पण सी लगती है
नदिया की चंचल ये धारा
जाता कहाँ है ओ भोले मुसाफिर
रुक जरा

जीवन की नईया का
बन जा खेवैया तू
ढूँढेंगे मिल के किनारा
जाता कहाँ है अकेले अकेले मुसाफिर
रुक जरा

सूनी डगरिया है
मन की मुरलिया पे
छेड़ कोई प्यारी सी धुन जरा
धड़कन क्या कहती है ओ रे मुसाफिर
सुन जरा....

बरसाने की राधिका

बरसाने की राधिका
गोकुल के नंदलाल
प्रेम कथा रच गए जगत में
अद्भुत प्रेम मिसाल

बोलो जय जय कृष्ण गोपाल

ब्रज के जन जन के हृदय में
बसे हुए नंदलाल
जड़ चेतन सब प्रेममय
धरा गगन है निहाल

बोलो जय जय कृष्ण गोपाल..

धन्य धन्य गोकुल की धरती
घुटरुन चले घनश्याम
धूल कणों में लोटकर
अमर किया बृजधाम

बोलो जय जय कृष्ण गोपाल

लता गुल्म यमुना की धारा
किया प्रेम रस पान

धन्य धरा के भाग्य जहाँ
जन्म लिए भगवान..

बोलो जय जय कृष्ण गोपाल

बरसाने की राधिका
गोकुल के नंदलाल
प्रेम कथा रच गए जगत में
अद्भुत प्रेम मिसाल...

बोलो जय जय कृष्ण गोपाल...

ऐ वतन की शान तिरंगे

ऐ वतन की शान तिरंगे
तुझपर दिल कुर्बान

सकल विश्व में मान बढ़े
तेरा दिन दूना सम्मान बढ़े
चाहूँ शीश झुकाए दुनिया
हो हरदम गुणगान तिरंगे

वीरगति जब कोई पाता
बाँहों में लेकर तू आता
माँ की ममता प्यार पिता का
सब होते कुर्बान तिरंगे

तीन रंग तीनों लोकों सा
चक्र समय की अथक गति का
सुंदर तेरा रुप जगत में
भारत की पहचान तिरंगे

जीवन के सब उत्सव में तू
साँसों के कलरव में भी तू
अंतिम पथ का तू हो संगी
दिल में यह अरमान तिरंगे

ऐ वतन की शान तिरंगे
तुझ पर दिल कुर्बान...

www.ingramcontent.com/pod-product-compliance
Lightning Source LLC
LaVergne TN
LVHW060301051026
849517LV00003B/906
* 9 7 8 9 3 8 8 3 6 5 8 8 8 *